APHORISMEN

von

RUMI

Rûmî
YAYINLARI

APHORISMEN von RUMI

Publikationnr.: 47
I. Aurflage

Türkische Republik Kultusministerium Verlegerzertifikatnr.: 16628

ISBN: 978-605-5959-65-4

Herausgeber: Memiş Gökmen Akdoğan
Technische Vorbereitung: Fetullah Mercan

Auflage, Einband Offsetverlag: Sebat Ofset Matbaacılık (Matbaacılar Sitesi, Yayın cd. 6. Blok no: 2 Karatay/Konya)
Zertifikatnr.: 16198

September 2010 - Konya / Türkei

Rumis Veröffentlichungen:
Gazi Alemşah Mah. Mimar Muzaffer Caddesi No: 26
Tel: 0 332 353 48 11 Faks: 0 332 352 70 90 Meram - KONYA
www.kitapdunyasi.com.tr, rumiyayincilik@yahoo.com, mustafacaliskan.konya@hotmail.com

Liebe Leserin, Lieber Leser

St. Mavlana (=unser Herr, Meister) Dschelaleddin Mohammad RUMI (=Anatolier) wurde am 30. September 1207 in Balch Afghanistan geboren. Er ist einer der bedeutendsten islamischen Mystiker. Unter Mystik versteht man eine fromme Versenkung, bei der durch Abkehr von allem Äußeren, Überwindung irdischer Wünsche und Zurückstellung aller bloßen Verstandeserkenntnisse eine Vereinigung der Seele mit der Gottheit gesucht wird.

Rumis Lehre basiert darauf, dass das Universium ein harmonisches GANZES, in dem jeder Teil mit allen anderen in einer LIEBESBEZIEHUNG steht, die wiederum einzig und allein auf Gott gerichtet ist und nur durch seine Liebe überhaupt Bestand haben kann.NUR LIEBE, NUR LIEBE-WIR HABEN SONST KEIN WERK! So beschreibt Rumi mit Recht Zentrum und Achse seiner Dichtung. Die eigentliche Erfahrung der Liebe aber ist dem Menschen, und nur ihm, vorbehalten.

DIE LIEBE LÄSST DAS MEER WIE KESSEL KOCHEN,

DIE LIEBE MACHT DEN BERG SO FEIN WIE SAND,

DIE LIEBE SPALTET HUNDERTFACH DEN HIMMEL,

DIE LÄSST DIE ERDE AUS DEM VOLLEN ZITTERN.

Der Grund für seine BerÜhmtheit ist, dass er die Fähigkeit besaß, diese Lehre in Poesie und Prosa unübertroffener Schönheit wiederzugeben. Jener Vers steht am Mauseleums Mavlana Rumi in Konya geschrieben:

KOMM WIEDER, KOMM DOCH WIEDER, KOMM DOCH WIEDER.

OB HEIDE DU, OB GLÄUBIGER, KOMM WIEDER.

NICHT HOFFNUNGSLOSIGKEIT WOHNT HIER IM HAUSE.

OB HUNDERTMAL DU SÜNDIGTEST, KOMM TROTZDEM WIEDER.

Der Denker Rumi bezeichnete Gott als den GELIEBTEN und die menschliche Seele, die auf der Suche nach Gott ist, als den LIEBENDEN. Alles ist der Geliebte, und der liebende ist ein Schleier. Er hat die absolute Liebe zu Gott in dem Mittelpunkt seines Denkens und Handelns.

Der Dichter Dschami schrieb: "Rumi ist kein Prophet, und doch hat er ein Buch, gewiss; das mystische Lehrgedicht, das MATHNAWI von rund 26000 Versen. Das Mathnawi, das bis heUte von allen, die sich mit mystischer Dichtung beschäftigen, gewissermaßen als dichterischer Kommentar zum Koran gepriesen wird. Es ist philosophisch und ethisch grundlegendes Werk der Mystik der Weltliteratur. Das Mathnawi giLt als sein Hauptwerk. Er verfasste neben seiner Lehrtätigkeit lyrische Poesie, Prosaschriften, Predigten und Briefe.

In den ersten DeZembertagen 1273 wurden die Bewohner Konya von Furcht ergriffen. Tagelang, nächtelang bebte die Erde. Rumi fühlte sich schwach und krank. Endlich sagte er: "Die Erde ist hungrig. Bald wird sie einen fetten Brocken bekommen und Ruhe geben. "Am 17. Dezember bei Sonnenuntergang eNtschlief Rumi, um mit der ewigen Sonne vereint zu werden; der Nachglanz seines Werkes aber blieb bis heute lebendig. Er hat seine eindriNgliche weltweite Wirkung nie verloren. Hier sei die Hoffnung ausgesprochen, dass dieses Büchlein APHORISMEN von RUMI jedem ein wertvoller Helfer beim KenneNlernen vom großen Mystiker sein wird.

Konya, September 2010

Memiş Gökmen Akdoğan

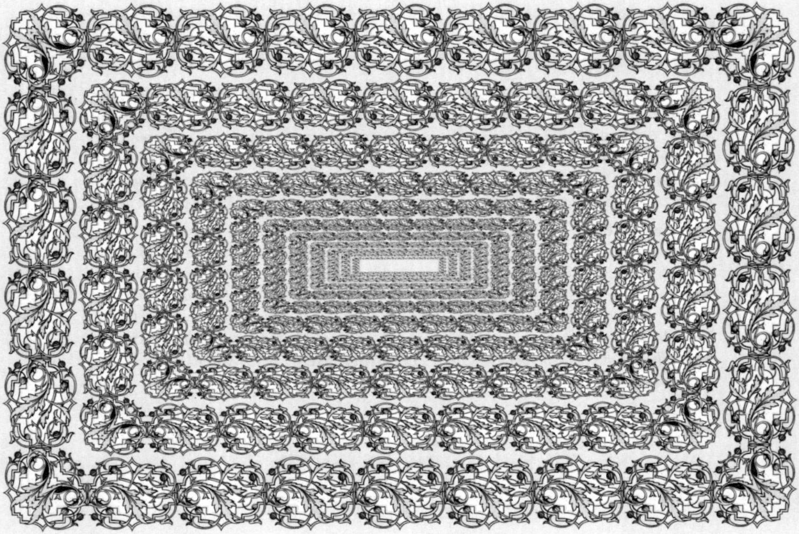

Jeder, der weit von seinem Ursprung entfernt ist, sehnt sich danach, wieder mit ihm vereint zu sein.

Wenn die Rose vergangen und der Garten dahin ist, kannst du die Geschichte der Nachtigall nicht mehr hören.

Das Unreife kann den Zustand des Reifen nicht verstehen, deshalb muss ich mich kurz fassen, lebe wohl!

Um wen sich die Liebe nicht kümmert, der ist wie ein Vogel ohne Flügel; wehe dem Armen!

Mag auch die Zunge manches erklären, Liebe ohne Zunge macht es klarer.

Die Sonne selbst ist der Beweis für die Sonne, suchst du einen Beweis, wende dich nicht von ihr ab!

Wenn jeder gemeine Kerl den Splitter im Herzen sehen würde, wie könnte dann jemand noch Sorgen haben?

Wenn dein Herz zum Grab für dein Geheimnis wird, wird dein Wunsch schneller erfüllt.

Der Prophet sagte: „Wer seine innersten Gedanken verbirgt, wird bald mit dem Gegenstand seines Wunsches vermählt.”

Es gibt wahrhafte Versprechen, für die das Herz dankbar ist; es gibt falsche Versprechen, die mit Unruhe beladen sind.

Liebe um der Farbe willen ist keine Liebe; am Ende ist sie nur eine Schande.

Diese Welt ist ein Berg und unser Handeln ein Schrei; das Echo der Schreie kommt zu uns zurück.

Erwähle die Liebe zum Ewig Lebenden, der dir den lebensverlängernden Wein zu trinken gibt.

Sage nicht: „Wir haben keinen Zutritt zu diesem König." Es ist nicht schwierig, mit Großzügigen umzugehen.

Zwei Insekten essen und trinken am selben Ort, doch eines sticht, das andere gibt Honig.

Wenn beide einander im Aussehen auch ähneln, mag sein; Salzwasser und Süßwasser sind gleich klar.

Da es viele Teufel gibt, die wie Adam aussehen, ist es nicht gut, jedem die Hand zu geben.

Immer wieder befreist Du uns, und wir gehen immer wieder in die Falle, O Bedürfnisloser!

Wer keinen Duft riecht, hat keine Nase; dieser Duft ist der Duft des Glaubens.

Werde zu Staub unter den Füßen der Gottesmänner; wirf Staub auf den Kopf des Neids, wie wir es tun.

Wer sich aus Neid die Nase verstümmelt, beraubt sich seiner geistigen Ohren und seiner Nase.

Sei dankbar und ein Sklave der Dankbaren; sei in ihrer Gegenwart wie tot, sei standhaft.

Wer sich freiwillig von der Welt lossagt, zu dem kommt die Welt umso mehr zurück.

Wie viele Regen der Gnade sind niedergegangen, bis das Meer Perlen hervorbringt?

Wie viele Sonnen der Barmherzigkeit haben geschienen, bis Wolke und Meer gelernt haben, freigiebig zu sein?

Seine Gnade macht ein unbelebtes Ding bewusst,
Sein Zorn macht die Verständigen blind.

In der Gegenwart Seines Seins gebührt es uns nicht, zu ist unser Sein angesichts des Seinen? Blind und düster.

Den Verstand und die Einsicht zu schärfen, ist nicht der richtige Weg, nur der Zerknirschte gewinnt die Gunst des Königs.

Wenn die Welt von Anfang bis Ende aus Schnee wäre, würde die Glut der Sonne sie doch mit einem Blick schmelzen lassen.

Schau nicht auf uns, richte deinen Blick nicht auf uns; schau auf Deine eigene Güte und Großzügigkeit.

Diese Dinge sind scharf wie ein stählernes Schwert, wenn du kein Schild hast, dann gehe und flieh!

Wenn du hundert Äpfel oder hundert Quitten zählst, aus ihnen doch eins, wenn du sie zerstampfst.

Süß ist die Einheit des Geliebten mit Seinen Freunden; ergreife den Fuß des Geistes. Form ist eigensinnig.

Komme nicht ohne Schild vor diesen Diamanten, denn das Schwert schämt sich nicht, zu schneiden.

Gehe und strebe nach der Wirklichkeit, du Formanbeter, denn Wirklichkeit ist der Flügel am Körper der Form.

Pflanze die Liebe zu den Gottesfreunden in deinen Geist; gib dein Herz nur der Liebe zu denen, deren Herzen froh sind.

Alle Weisen haben das Gleiche gesagt: der Weise ist eine Gnade für die Geschöpfe.

Magst du auch Fels oder Marmor sein, du wirst zum Juwel, wenn du den Mann des Herzens erreichst.

Das Herz führt dich in die Nachbarschaft der Herzensmenschen; der Körper führt dich in das Gefängnis von Wasser und Erde.

Ohne Zweifel ist der Geist, der von der Wirklichkeit entfernt ist, in diesem Körper wie ein hölzernes Schwert in der Scheide.

Wenn du einen Granatapfel kaufen willst, kaufe einen lachenden; damit sein Lachen Kunde von seinen Kernen gibt.

Wer einen üblen Weg bahnt, den trifft der Fluch jede Stunde.

Der Ochse hat seine Farbe außen, doch bei einem Menschen suche Rot und Gelb innen.

Oh, glücklich ist das Auge, das um Seinetwillen weint! Oh, glücklich das Herz, das um Seinetwillen geröstet wird!

Wo fließendes Wasser ist, sind Pflanzen; wo Tränen fließen, zeigt sich Gnade.

Wenn du auf Gott vertraust, vertraue auf die Arbeit; säe, dann verlasse dich auf den Allmächtigen.

Wenn du den Koran liest und nicht damit einverstanden bist, was nützt es dir dann, wenn du die Propheten und Gottesfreunde gesehen hast?

Wasser im Boot ist der Ruin des Bootes, Wasser unter dem Boot ist sein Halt.

Diese Welt ist das Gefängnis, und wir die Gefangenen; grabe ein Loch in das Gefängnis und befreie dich!

Wie lange noch die Form? Ist nach all dem, o du Formanbeter, deine wirklichkeitsfremde Seele der Form noch nicht entkommen?

Wenn die Tugend des Menschseins in der Form läge, wären Abu Jahl und Ahmad genau dasselbe.

Wissen ist das Siegel von Salomos Königreich; die ganze Welt ist Form, und Wissen ist der Geist.

Frische deinen Glauben auf, nicht mit Reden der Zunge, o du, der du heimlich deine Begierde aufgefrischt hast.

Solange die Begierde frisch ist, ist der Glaube nicht frisch, denn es ist diese Begierde, die jenes Tor verschließt.

Wenn er dir etwas Süßes gibt, betrachte es als Gift; wenn er deinem Körper etwas Gutes tut, betrachte es als Grausamkeit.

Wenn dich das Schicksal ereilt, siehst du nur das Äußere; du unterscheidest nicht zwischen Feind und Freund.

Wenn der Feind freundlich mit dir redet, erkenne die Falle, auch wenn er über den Köder redet.

Oh, es gibt viele Inder und Türken, die mit gleicher Sprache sprechen; oh, zahlreich sind die Paare von Türken, die einen fremd sind.

O du, der du einen Brunnen für andere gräbst, du baust dir selbst eine Falle.

O du, der auf dem Gesicht deines Onkels ein unschönes Mal sieht: Nicht dein Onkel ist schlecht, sondern du; laufe nicht vor dir selbst weg!

Er klatschte in die Hände, denn er war der Hand des Todes entkommen; frisch tanzte er in der Luft wie Zweig und Blatt.

Diese Triebseele ist die Hölle, und die Hölle ist ein Drachen, dessen Feuer Ozeane nicht ersticken.

Sei gerade wie ein Pfeil und entkomme dem Bogen, denn zweifellos fliegt jeder gerade Pfeil vom Bogen auf sein Ziel.

Geringschätze den Löwen, der die Reihen des Feindes durchbricht; ein wahrer Löwe ist, wer sich selbst besiegt.

Der Mensch ist ein Auge, der Rest nur Fleisch; der Blick dieses Auges ist der Blick auf den Geliebten.

Was ist diese Welt? Gottvergessen sein; sie ist nicht Handelsware und Silber und Waagen und Frauen.

Doch wenn du mit ihm einverstanden bist und die Erzählungen der Propheten liest, dann fühlt sich der Vogel deiner Seele im Körper eingeengt.

Die Zunge ist wie Stein und sie ist auch wie Feuer, und was der Zunge entspringt, ist wie Feuer.

Ein einziges Wort verwüstet eine Welt,
verwandelt tote Füchse in Löwen.

Wenn du weder ein Schwimmer noch ein
Seemann bist, werfe dich nicht aus Hochmut
in das Meer.

Die Gottesfreunde besitzen Macht von Gott; sie lassen den Pfeil zurückfliegen.

Du musst wissen, dass ein plötzlich von der Zunge abgeschossenes Wort wie ein von einem Bogen abgeschossener Pfeil ist.

Wo sind Schwelle und Oben in Wirklichkeit? Wo sind „wir" und „ich" in dem Viertel, in dem unser Geliebter lebt?

Auf diesem Pfad musst du immer schnitzen und ritzen; bis zu einem letzten Atemzug sei keinen Augenblick untätig.

Du, der du kein Joseph bist, sei ein Jakob; weine und sei unruhig wie er.

Höre! Denn die Gottesfreunde sind die Israfile ihrer Zeit; ihnen bekommen die Toten Leben und Frische.

Alles, was schön und hübsch und lieblich erschaffen wurde, wurde für das Auge des Sehenden so gemacht.

Da Er sie erschaffen hat, damit er ihr beiwohne, wie könnte Adam dann von Eva getrennt werden?

Liebe und Zärtlichkeit sind menschliche Eigenschaften, Wut und Gier sind tierische Eigenschaften.

Wenn das Schicksal kommt, wird die Sicht getrübt, sodass unser Verstand nicht zwischen Kopf und Fuß unterscheiden kann.

Er ist der barmherzige und gütige Herr, Sein und Nichtsein sind verliebt in Ihn.

Die Liebe zieht das Bittere zum Süßen, denn die Grundlage jeder Liebe ist Erlösung.

Oh, manch einer ist süß wie Zucker, doch in diesem Zucker ist Gift versteckt.

Das Wasser des Meeres trägt den Toten an die Oberfläche; wäre er lebendig, wie könnte er dem Meer entkommen?

Sei kein Freund von Wunsch und Begierde, denn das führt dich vom Pfad Gottes ab.

Sonne und Wolke gehorchen dem, in dessen Körper die ungläubige Triebseele gestorben ist.

Zerschmelze dein Sein im Sein des Seinsschaffenden wie das Kupfer in der Alchimie.

Du hast beide Hände fest um „ich" und „wir" geschlossen, alles Verderben wird durch Dualismus erzeugt.

Alle Dinge vergehen außer Seinem, angesicht solange du nicht in Seiner Gegenwart bist, strebe nicht nach Existenz.

Alle Menschen sind Kinder, außer dem, der von Gott berauscht ist; niemand ist erwachsen, außer dem, der sich von Begierde befreit hat.

Die Kriege der Menschheit sind wie Kämpfe der Kinder - alle sinnlos, gehirnlos und niedrig.

Die Mystiker werden von ihren Wissenschaften nach oben getragen; die Wissenschaften der Männer des Körpers sind diesen eine Last.

Wenn Wissen das Herz trifft, wird es zum Helfer;
wenn Wissen den Körper trifft, wird es zur Last.

Wie willst du von Begierden befreit werden,
ohne den Kelch von „Hū», o du, der sich mit
„Hū» als dem Namen von „Hū» zufrieden gibt.

Reinige dich von den Eigenschaften des Selbst, damit du dein eigenes reines Wesen erblicken kannst.

Reichtum ist Saat, säe ihn nicht auf jeden salzigen Boden; gib nicht jedem beliebigen Straßenräuber ein Schwert in die Hand.

Der Freund ist ein Spiegel für die bekümmerte Seele; hauche nicht auf die Oberfläche des Spiegels, o reine Seele!

Bist du geringer als Erde? Wenn ein Stück Erde seinem Freund - dem Frühling - begegnet, findet es hunderttausend Lichter.

Wenn die Krähen im Januar ihre Zelte aufschlagen, verstecken sich die Nachtigallen und sind stumm.

Wenn der Spiegel deines Herzens klar und rein wird, wirst du Bilder jenseits von Wasser und Erde sehen.

Richte deine Glieder mithilfe der Aufrechten wieder auf. O du aufrecht Gehender, wende dich nicht von dieser Schwelle ab.

Es gibt richtiges Gleichgewicht; es gibt aber auch fehlerhaftes Gleichgewicht.

Zahlreich sind die Gebete, die Verlust und Zerstörung sind, und aus Güte hört sie der Heilige Gott nicht.

Reichtum ist das Stroh, denn in deinem Hals, o Kranker, ist es ein Hindernis für das Wasser des Lebens.

Wenn dein Denken eine Rose ist, bist du ein Rosengarten; und wenn es ein Dorn ist, bist du Brennholz für den Badekessel.

Hege keine Bosheit! Wer von Bosheit irregeleitet wird, dessen Grab liegt neben den Boshaften.

O Auge, du beklagst dich für die anderen, sitze eine Weile hin und weine um dich selbst!

Gehe und rezitiere: Und wem wir langes Leben geben, den beugen wir nieder in seiner Gestalt Suche das Herz, hänge dein Herz nicht an Knochen.

Diese Erleichterung kommt durch Glauben in das Herz, Schwäche des Glaubens ist Verzweiflung und Kummer.

Als Salomo dieses Licht in sich aufnahm, machte er den Dämon zu seinem gehorsamen Diener.

Das Licht, das jede Perle ausstrahlte, wurde zu einem Unterscheidungskriterium zwischen Wahrem und Falschem.

Wenn diese tierische Seele nicht mehr ist, geziemt es dir, den ewigen Geist an ihre Stelle zu setzen.

Wisse, dass die äußere Form vergeht, die Welt der Wirkliche dagegen bleibt ewig bestehen.

Den Honig hat er aufgegeben und Gift gegessen; er hat von kranker Nahrung Fett angesetzt.

Je mehr jemand in das Geräusch des Wassers verliebt ist, desto größere Klumpen reißt er aus dem Hindernis.

Höre und höre, o Reisender! Es ist spät, die Sonne des Lebens ist dabei, unterzugehen.

An diesen zwei kurzen Tagen, wenn du Stärke besitzt, sehnell, flattere großzügig mit deinen Flügeln!

Höre auf meine Warnung, dass der Körper eine starke Fessel lege das Ate ab, wenn du dir Neues wünschst.

Durch Liebe wird Bitteres süß; durch Liebe werden Kupferstücke zu Gold.

Denn alle Teile von mir sind durch deine Großzügigkeit gewachsen und in deine Falle gegangen.

Und Schritt für Schritt über den Mond und die Sonne hinaufzusteigen, um nicht wie der Ring an der Tür befestigt zu bleiben.

Wisse also, dass die Feinheit nicht vom Wasser kommt; sie ist nur das Geschenk des Großzügigen Schöpfers.

Warum hätte er sich mir nähern sollen, wenn er nicht jemanden von seiner eigenen Art gesehen hätte? Warum hätte er sich an jemanden von einer anderen Art hängen sollen?

Wer bei Gott sitzen will, der soll in der Gegenwart der Gottesfreunde sitzen.

Und auch wenn er kein Freund wird, wird seine Feindschaft gemindert, denn Wohlwollen wird zu einem Balsam gegen Feindlichkeit.

Wenn du Spreu säst, wird kein Weizen wachsen, suche einen Mann, suche einen Mann, einen Mann!

O Bruder, ein dunkler und kalter Ort, an dem man geduldig Kummer und Schwäche und Schmerz erträgt.

Damit ich nicht die ganze Nacht wie ein Büffel schlafe, hat Gott in Seiner Gnade mir diese Schmerzen gegeben.

Um so zu werden, wie es sein Herz begehrt - sein blindes, übles, wertloses Herz.

Wenn er so geworden wäre, wie es sein Meister wünschte, hätte er sich und seine Familie zu Ehren gebracht.

Stecke die Schläge der Könige ein, schlucke nicht den Honig der Niedrigen, damit dich das Glück jener Edlen selbst zu einem Edlen macht.

Du bist ein Räuber, ich ein fremder Händler; soll ich dir etwa die Kleider abkaufen, die du bringst?

Höflichkeit, die ohne Herz und Seele auf die Zunge kommt, ist wie Kräuter auf einem Aschenhaufen, o Freunde.

Diese Fische stürzen sich auf dich; öffne deine Augen, damit du sie deutlich siehst.

Er erfüllt seine religiösen Pflichten, aber er hat kein Atom an Würze.

Sein Gottesdienst ist fein, aber der Geist ist nicht fein; die Walnüsse sind zahlreich, aber sie haben keinen Kern.

Die Begierde verschließt das Ohr dem Hören;
Eigennutz verschließt das Auge dem Sehen.

Wenn du beim Gebet keinen süßen Atem hast,
dann gehe und bitte den Reinen um ein Gebet.

Gotteslob ist rein; wenn die Reinheit gekommen ist, verschwindet die Beschmutzung.

Kummer ist besser als das Reich der Welt, weil du dann Gott im Geheimen anrufst.

Der Ruf der Sorglosen kommt aus einem gefrorenen Herzen, der Ruf des Bekümmerten aus Sehnsucht.

Kein Kunstgriff kann dich vom Ratschluss befreien, außer dass du bei ihm Zuflucht suchst.

Das Herz ist die Wohnstatt der Sicherheit, o Freunde; dort gibt es Springbrunnen und Rosengärten in Rosengärten.

Der Sklave eines Mannes mit erleuchtetem Herzen zu werden ist besser als auf der Krone der Königshäupter zu laufen.

Mit Sicherheit bringen Kriege Frieden; der Schlangenfänger suchte die Schlange wegen der Freundschaft.

Nimm mannhaft den Kampf und Krieg gegen ihn auf: Gott wird dich mit Zugang zu Ihm belohnen.

Es wäre ein Wunder, wenn er die Falle und den Köder sehen und freiwillig hineinfliegen würde.

Wenn die Frömmigkeit die Hände der Begierde in Ketten legt, löst Gott die Hände der Vernunft.

So werden, wenn die Vernunft dein Führer und Meister wird, die bis dahin vorherrschenden Sinne dir Untertan.

Gott hat hunderttausend Elixiere erschaffen, doch der Mensch hat kein besseres Elixier als Geduld.

Wenn Er deinen Weinberg verbrennt, wird Er dir Trauben geben; inmitten der Trauer wird Er dir Freude geben.

Die Köstlichkeit von Milch und Honig ist ein Abbild des Herzens; von diesem Herz ist die Süße jedes süßen Dinges abgeleitet.

Benutze diese Dinge nur, soweit es notwendig ist, sonst nehmen sie überhand und werden deine Gebieter.

Der Pir ist die Vernunft, nicht das weiße Haar; Haar ist in dieser Gabe und dieser Hoffnung nicht enthalten.

Ist das das Herz, welches in Reichtümer und Macht verliebt oder der schwarzen Erde und dem Wasser Untertan ist.

Wessen Herz von Gebrechen gereinigt ist, dessen Anrufung wird den Herrn des Ruhms erreichen.

Die Triebsede hat Gotteslob auf der Zunge und den Koran in der rechten Hand; in ihrem Ärmel stecken Dolch und Schwert.

Jesus sagte: „Die Krankheit kommt vom Zorn Gottes; Gebrechen und Blindheit kommen nicht vom Zorn; sie sind eine Heimsuchung."

Die Vernunft gebietet, dem Wohltäter Dank zu erweisen; sonst wird die Tür des ewigen Zornes geöffnet.

Wohltat erzeugt Unachtsamkeit und Danksagung Wachsamkeit; jage die Wohltat mit der Falle der Danksagung an den König.

Die Propheten sagten: „Verzweiflung ist eine Sünde; die Gnade und Barmherzigkeit des Schöpfers ist unendlich."

Das ist das Wesen gemeiner Schurken: Er tut dir etwas Schlechtes an, wenn du ihm etwas Gutes tust.

Und die Ginn und die Menschen habe Ich nur dazu erschaffen, rezitiere dies. Der Zweck der Welt ist nichts als Gottesverehrung.

Wo auch Schmerz ist, geht die Heilung hin; wo Armut ist, geht die Versorgung hin.

Wo eine schwierige Frage ist, geht die Antwort hin; wo ein Schiff ist, geht das Wasser hin.

Suche nicht nach Wasser, sondern werde durstig, damit das Wasser von oben und unten hervorsprudeln kann.

Was du auch durch das Schicksal verlierst, sei sicher, dass dies vor Missgeschick bewahrt.

Suche bei Gott Unterweisung und Erweckung, nicht in Büchern und Reden und Worten und Lippen.

Wenn du im Glauben stirbst, lebst du; wenn du mit dem Glauben gehst, bleibst du ewig.

Wenn du die Opfer der Ungerechtigkeit schlägst, werden deine Hände zu einem Baum in der Hölle, an dem Zaqqurn' wachsen.

Dein Versprechen: „Morgen" und „Übermorgen" wird zu deinem Warten am Tag der Versammlung, wehe dir!

Gottes Werkstatt und Schatzkammer liegen im Nichtsein. Du lässt dich vom Sein täuschen; woher könntest du wissen, was Nichtsein ist?

Jeder Zustand der Schwere und des Unwohlseins stammt in Wirklichkeit vom Körper, während der Geist in seiner Leichtigkeit fliegt.

Ein kleiner Bach, der sich andauernd bewegt, wird nicht schmutzig oder übel riechend.

Die Liebe bringt den Wein der Erkenntnis zum Kochen: Er ist im Geheimen der Weinschenk der Aufrichtigen.

Die ganze Welt, im Osten und Westen, empfängt dieses Licht, doch solange du in der Erde steckst, scheint das Licht nicht auf dich!

Die Pilgerreise besteht aus dem Besuch des Gotteshauses, aber nur die Pilgerreise zum Herrn des Hauses ist eines wahren Mannes würdig.

In Wirklichkeit ist jeder deiner Feinde ein Heilmittel für dich; er ist ein Elixier und eine Wohltat und dein wahrer Freund.

Wenn du Schlechtes getan hast, dann sei dir nicht sicher, sondern fürchte dich, denn das Schlechte ist ein Samen und Gott wird ihn wachsen lassen.

Wem der Moschus, die Ermahnung nichts nutzt, der muss sich notwendigerweise mit dem schlechten Geruch anfreunden.

Lerne von deinem Vater, denn in der Stunde der Sünde kam Adam freiwillig zum Ort des Geständnisses.

Besteige das unruhige Pferd nicht ohne Zaumzeug; mache den Glauben und die Vernunft zu deinem Führer und lebe wohl.

Weltliche Reichtümer sind eine Falle für die schwachen Vögel; das Königreich des Jenseits ist eine Falle für edle Vögel.

O du Sklave dieser Welt, dein Geist ist gefangen, wie lange willst du dich noch Herr der Welt nennen?

Deshalb ist Samā die Nahrung der Liebenden;
in ihm liegt die Vorstellung der Sammlung.

Mit Sicherheit waren am Anfang alle Berufe
von Göttlicher Eingebung abgeleitet, doch die
Vernunft hat etwas hinzugefügt.

Höre auf zu schwimmen, lass ab von Stolz und Feindschaft: Das ist nicht der Oxus oder ein anderer Fluss, das ist ein Ozean.

Wende dich nicht von dem Schiff ab wie Kanaan, den seine Vernunftseele ertränkte.

Auf diesem Pfad musst du die Prahlerei aufgeben und darfst dich nur bewegen, wenn dein Führer sich bewegt.

Nimm dem Verrückten die Waffen aus der Hand, damit die Gerechtigkeit und die Güte mit dir zufrieden sein können.

Opfere deine Vernunft in Liebe zum Freund; jede Vernunft kommt sowieso aus Seiner Richtung.

Die spirituell Vernünftigen haben ihre Vernunft dorthin geschickt; dort, wo der Geliebte nicht ist, bleibt nur der Tölpel.

*Einem schlechten Menschen Wissen
und Fertigkeit zu lehren bedeutet, einem
Straßenräuber ein Schwert in die Hand zu legen.*

*Wie könnten hundert Löwen so viel Schande
bringen wie ein hoher Rang einem Ignoranten?*

Sei der Kapitän des Schiffes im Meer der Reinheit, denn du bist ein zweiter Noah, o Mustafa.

Die Dummköpfe sind zu Führern geworden und aus Angst vor ihnen haben sich die Weisen versteckt.

Der Vollmond bewegt sich nachts im oberen Teil des Himmels. Er hört nicht auf zu reisen, wenn die Hunde heulen.

Das Wissen über den Weg zu Gott und das Wissen über Seinen Wohnort kennt nur der Besitzer des Herzens, oder dessen Herz.

O wahrer Gläubiger, »dich hat das Licht Gottes sehend gemacht«; du bist vor Irrtum und Nachlässigkeit sicher.

Der Körper nimmt nicht an diesem Ruhm teil; der Körper ist nur ein Tropfen Wasser im Vergleich zum Meer des Geistes.

Die Vernunft, die mit dem Glauben verbunden ist, ist wie ein gerechter Polizist: Sie ist der Wächter und Regent der Stadt des Herzens.

Die Liebe ist eine Eigenschaft Gottes, der bedürfnislos ist. Liebe zu etwas anderem als Ihm ist unwirklich.

Wer auf dieser Welt bei einem Feind sitzt, ist in einem Kesselraum, auch wenn er mitten im Blumengarten sitzt.

Die Weiße des Haares ist nur für ein verbundenes Auge mit geringer Scharfsicht ein Beweis für Reife.

Sterben, bevor man stirbt heißt sicher sein, o Jüngling; so hat es uns Mustafa befohlen.

Einbildung gehört zu Pharao, dem Weltbrandstifter; die Vernunft zu Moses, dem Geistentzünder.

Wann hast du einmal eine gute Tat zum Himmel geschickt, ohne dass Gleiches darauf folgte?

Denn der Mensch ist wie das Wasser des Flusses: Wenn es trübe wird, kannst du den Grund nicht sehen.

Höre, handle nicht weiter so, sondern sei vorsichtig, denn durch Gottes Gnade ist die Tür der Reue offen.

Vom Westen her ist eine Tür der Reue bis zur Auferstehung für die Menschheit geöffnet.

Wenn du zu Haman neigst, hast du Hamans Wesen; wenn du zu Moses neigst, bist du ein Verehrer Gottes.

Ungerechte Macht kannst du so ansehen, als hätte sie weder Hand noch Ärmel.

Egoismus ist die Leiter der Geschöpfe, am Ende werden sie alle von dieser Leiter fallen.

Die Würfel der Könige ändern sich dauernd; siehe dagegen Ahmads Würfel bis zum Ende der Zeit.

Wahre Vernunft ist in der Tat das, was von Gott ernährt wird, nicht die Vernunft, die Merkur verliehen hat.

Sieh den Unterschied und wähle, o Gefangener, zwischen Adams Dienerschaft und Eblisı Stolz.

Betrachte nicht die Höhe des Bergs des Denkens, denn eine einzige Welle stellt ihn auf den Kopf.

Wisse, dass jede Begierde wie Wein und Bang ist: Es ist ein Schleier vor der Vernunft und betäubt den Vernünftigen.

Körperliches Essen und Trinken ist das Hindernis für dieses Essen und Trinken. Der Geist ist wie ein Händler, der Körper wie ein Straßenräuber.

Ohne Hunger bewegt sich der Körper nicht.
Du schlägst auf kaltes Eisen, wisse das.

Denn Bedächtigkeit ist ein Strahl des Barmherzisen, während die Hast von der Versuchung durch den Teufel kommt.

Wie könnte der Garten lachen, wenn die Wolke nicht weint? Wie könnte die Milch fließen, wenn der Säugling nicht schreit?

Du musst wie das kleine Kind ein weinendes Augetragen. Iss das Brot nicht, denn das Brot nimmt dir dein Wasser weg.

Das Laubkleid des Körpers ist die Laublosigkeit der Seele. Beeile dich! Du musst den Körper abnehmen und die Seele zunehmen lassen.

Wenn der Körper sich von Mist befreit, erfüllt Er ihn mit Moschus und herrlichen Perlen.

Gebet, Fasten, die Pilgerreise und Glaubensanstrengungen sind Beweise für den Glauben.

Wahrlich, im Hunger liegt reichlich Nahrung; strebe sorgfältig und hoffnungsvoll danach, o du vor dem Hunger Fliehender.

O du mit dem kranken Herzen, wende dich dem Heilmittel zu. Die Diät besteht aus einer Veränderung des Charakters.

Ich bin der Diener dessen, der seine Existenz an niemanden als den besten und großmütigen Herrscher verkauft.

Adams Sünde entstand aus dem Bauch und dem Geschlechtstrieb, Eblisı Sünde aus Stolz und Macht.

*Die Schatten der Wolken fallen auf die Erde;
der Schatten vermählt sich nie mit dem Mond.*

*Selbstlosigkeit ist Wolkenlosigkeit, o
Wohlwollender; wenn du selbstlos bist, bist
du wie die Mondscheibe.*

Ein Leben ohne Reue ist ein Todeskampf.
Ferne von Gott ist Nähe zum Tod.

O Gott, ich frage mich, welchen Fehler der Garten begangen hat, dass er seiner Kleider entledigt wurde.

Und wer dieses Licht nicht hat, ist ein Garten ohne Früchte, den der Herbst zerstört.

Ausgenommen davon ist der Dankbare und Treue, hinter dem das Glück steht.

Höre nicht auf die süßen Reden des unwissenden Freundes, denn sie sind wie altes Gift.

Nur deine Taten sind treu; mache sie zu deiner Zuflucht, denn sie werden mit dir in die Tiefe des Grabes gehen.

Suche beim Handwerk Hilfe, o Vernünftiger, bei einem großzügigen und rechtschaffenen Mann, der darin versiert ist.

Suche die Perle in der Schale, mein Bruder, und suche bei einem Handwerker technische Fertigkeit.

O See, du hast einen Kanal zum Meer; schäme dich, in einem Tümpel Wasser zu suchen.

Was ist Gerechtigkeit? Bäumen Wasser zu geben. Was ist Ungerechtigkeit? Disteln Wasser zu geben.

Da die Liebe treu ist, will sie einen Treuen, sie schaut nicht nach einem untreuen Gefährten.

Das körperliche Auge sieht immer nur den Körper; das geistige Auge sieht die vielseitig begabte Seele.

Solange diese Worte in der Brust bleiben, ist ein Kern gewonnen; im Schweigen wächst der spirituelle Kern hundertfach.

Wenn das Wort auf die Zunge kommt, wird der Kern ausgegeben. Unterlasse das Ausgeben, damit dir der gute Kern bleibt.

Wenn die Schale zu dick ist, ist der Kern dünn. Die Schale wird dünn, wenn der Kern vollkommen reif geworden ist.

Wenn du treu deinen Bund mit Gott eingehalten hast, wird Gott Seinen Bund mit dir gnädig einhalten.

Im Almosengeben steckt der Überfluss und das Wachstum des eigenen Goldes. Im Ritualgebet steckt Schutz vor Unzucht und Sünde.

Wer könnte im Ratgeben überzeugender und liebevoller sein als die Propheten, deren Worte sogar Steine beeindruckten?

Wenn du bemerkst, dass du eine gute Handlung vollbringst, erhältst du Lebendigkeit und Freude.

In Seiner Grausamkeit liegt geheime Güte;
wenn sich die Seele Ihm ergibt, wächst die Seele.

Denke nicht daran, mich weiter anzuflehen, flehe fortan nur noch den barmherzigen und gerechten König an.

Stehe wie eine Kerze vor der Gebetsnische, o Jüngling, und hoffe darauf, aufwärts zu reisen!

O Meister, übe aufrichtig Reue wie Nasuh;
strebe eifrig mit Körper und Geist danach.

Niemand musste je wegen Genügsamkeit auf
das Leben verzichten; niemand wurde aus
Gier zu einem spirituellen König.

Der Prophet hat gesagt, dass »Genügsamkeit ein Schatz ist«; wie könnte jeder an den verborgenen Schatz herankommen?

So wie du jämmerlich in das tägliche Brot verliebt bist, so ist das tägliche Brot in seinen Verzehrer verliebt.

Strebe danach, berauscht und erleuchtet zu werden, damit Licht sich auf deine Rede reimt.

Hast und Eile ist die List Satans, Geduld und Berechnung ist Gottes Gnade.

Bei der Wahrheit der reinen Essenz Gottes eine bösartige Schlange ist besser als ein bösartiger Freund.

Gier macht einen blind und närrisch und dumm; Narren erscheint der Tod leicht.

Höre, vertraue auf Gott, lasse deine Füße und Hände nicht zittern: Dein tägliches Brot liebt dich mehr als du es.

Wie lange willst du noch zusehen, wie das Wasserrad sich dreht? Hebe deinen Kopf und sieh das schnelle Wasser.

Nur wenn Wasser im Kanal ist, ist er wirklich ein Kanal. Der wahre Mensch hat Geist.

Wer die Schaumflocken betrachtet, berechnet; wer das Meer betrachtet, hat keinen Willen.

Wisse, dass das Himmelsrad von den Wellen der Liebe angetrieben wird; gäbe es die Liebe nicht, wäre die Welt gefroren.

Wende dich von den rosenfarbigen Schönheiten ab; verliere deinen Verstand in Ihm, der die Farbe gibt.

Das Geheimnis hat nur den Kenner des Geheimnisses zum Partner, für die Ohren des Zweiflers ist das Geheimnis gar kein Geheimnis.

Wie sehr das Schlangengift auch seine Giftigkeit zeigt, das Gegengift macht es schnell unwirksam.

Wenn du darüber nachdenkst, siehst du, dass auf der ganzen Welt Atom gegen Atom kämpft wie der Glaube gegen die Unglauben.

Farblosigkeit ist der Ursprung der Farben, Friedenszeiten sind der Ursprung der Kriege.

Das Jenseits ist der Ursprung dieses Ortes der Schmerzen; Einheit ist der Ursprung jeder Trennung, jedes Abschieds.

Die Farbe der Aufrichtigkeit und die Farbe der Frömmigkeit und des intuitiven Glaubens bleibt den Gottesdienern für ewig.

Und doch kann man sich nicht zurückhalten, den Durst zu löschen, auch wenn es unmöglich ist, den Gayhün auszutrinken.

Wo immer ein Rosenzweig blüht, ist eine Rose; wo immer das Weinfass perlt, ist Wein.